U0087689

劉小屁

本名劉靜玟，小屁這個名字是學生時代與朋友一起組合而來的稱呼，因為有趣好笑又充滿美好的回憶，就將它當筆名一直沿用著。目前專職圖文創作家。接插畫案子、寫報紙專欄，作品散見於報章與出版社，並在各大百貨公司與工作室教手作和兒童美術。開過幾次個展，持續不斷的在創作上努力，兩大一小加一貓的日子過得幸福充實。

2010 年　第一本手作書《可愛無敵襪娃日記》

2014 年　ZINE《Juggling from A to Z》

2019 年　《小屁的動物成長派對》（共 6 本）

2020 年　《貝貝和好朋友》（陸續出版中）

貝貝和好朋友——聖誕大形動

文　圖｜劉小屁
攝　影｜Steph Pai
責任編輯｜朱君偉
美術編輯｜黃顯喬

發 行 人｜劉振強
出 版 者｜三民書局股份有限公司
地　址｜臺北市復興北路 386 號 (復北門市)
臺北市重慶南路一段 61 號 (重南門市)
電　話｜(02)25006600
網　址｜三民網路書店 https://www.sanmin.com.tw

出版日期｜初版一刷 2020 年 11 月
書籍編號｜S318931
I S B N｜978-957-14-6982-9

貝貝和好朋友

聖誕大行動

劉小屁／文圖

三民書局

聖誕節來了，五個好朋友

聚在貝貝家一起慶祝。

掛上各種小裝飾，聖誕樹變得好美麗。

「哇ㄨㄚ———小ㄒㄧㄠˇ圓ㄩㄢˊ做ㄗㄨㄛˋ的ㄉㄜ˙薑ㄐㄧㄤ餅ㄅㄧㄥˇ屋ㄨ
看ㄎㄢˋ起ㄑㄧˇ來ㄌㄞˊ好ㄏㄠˇ好ㄏㄠˇ吃ㄔ喔ㄛ！」

在小咩的指導下，每個人努力做出心目中最棒的聖誕襪。

DECEMBER

忙了一陣子，大家決定出門透透氣。

玩得正開心的時候，

大家忽然聽見好大一聲——

哈啾

沒想到是鼻涕流個不停的魯道夫先生，和正在發愁的聖誕老人。

「魯道夫感冒了，大概沒辦法幫我送完剩下的禮物了。」聖誕老人說。

大家邀請聖誕老人、魯道夫先生和小精靈企企到家裡。

看著剩下的三份禮物，阿雄說：

「最後三個禮物就由我們來送吧！」

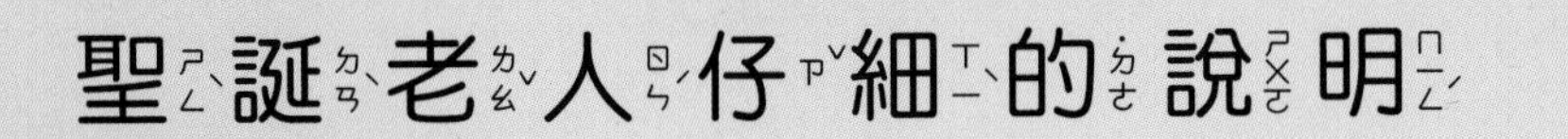

聖ㄕㄥˋ誕ㄉㄢˋ老ㄌㄠˇ人ㄖㄣˊ仔ㄗˇ細ㄒㄧˋ的ㄉㄜ˙說ㄕㄨㄛ明ㄇㄧㄥˊ
三ㄙㄢ份ㄈㄣˋ禮ㄌㄧˇ物ㄨˋ分ㄈㄣ別ㄅㄧㄝˊ要ㄧㄠˋ送ㄙㄨㄥˋ給ㄍㄟˇ誰ㄕㄟˊ。

「這三個小朋友就住在附近。
紅色的禮物送給喜歡正方形的小朋友，
黃色的禮物送給喜歡三角形的小朋友，
藍色的禮物送給喜歡圓形的小朋友。」

Note

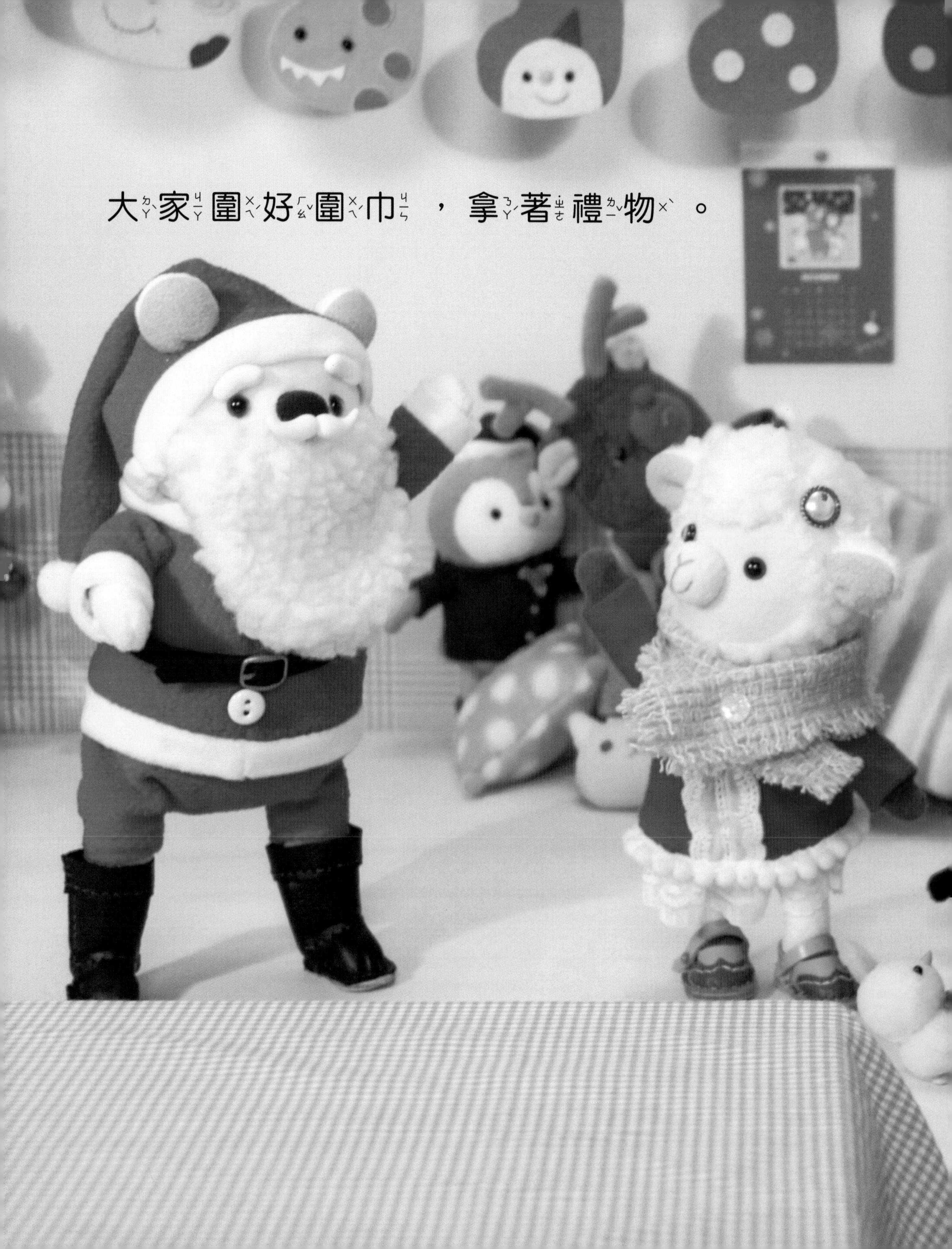

大ㄉㄚˋ家ㄐㄧㄚ圍ㄨㄟˊ好ㄏㄠˇ圍ㄨㄟˊ巾ㄐㄧㄣ，拿ㄋㄚˊ著ㄓㄜ˙禮ㄌㄧˇ物ㄨˋ。

出發囉

按照聖誕老人的筆記，

「這一定是喜歡圓形的小朋友！」

「這是喜歡正方形的小朋友。」

「啊！這個就是喜歡三角形的

小朋友吧！」

任ㄖㄣˋ務ㄨˋ圓ㄩㄢˊ滿ㄇㄢˇ達ㄉㄚˊ成ㄔㄥˊ！

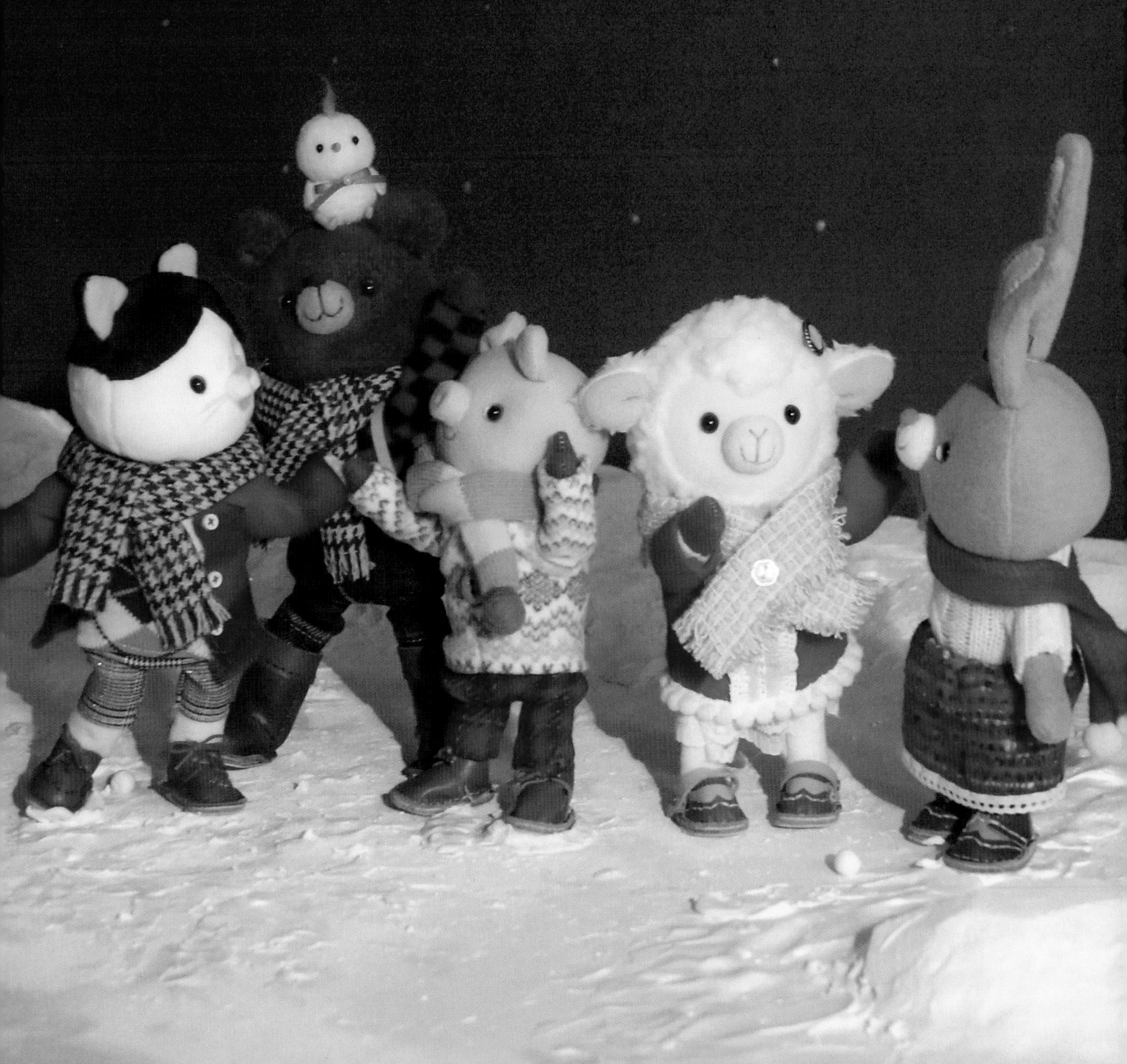

「啊！下雪了！我們也準備回家吧！」貝貝和朋友們帶著滿足的心情慢慢散步回家。到家門口時……

哇～

Ho Ho Ho

「大家辛苦了！」

數學補給站

臺北市立大學數學系教授　蘇意雯

在這本繪本中，家長可以配合故事的描述，準備實際的物體，讓小朋友透過實物的觀察與分類活動，認識簡單的立體形體。以小朋友的生活經驗而言，舉目可見的立體形體對他們並不陌生，此時家長可以運用觸摸、堆疊與滾動等活動，讓小朋友認識平面和曲面。以繪本中的三份禮物為例，我們可以讓小朋友經過分類，用自己的語言，先建立正方體、三角柱、球等立體形體概念。接著利用立體形體的拓印，或者描邊與塗色，讓小朋友得以認識正方形、三角形、圓形等平面圖形。

也就是說，家長可以布置操作的活動，讓小朋友利用立體形體的面，描繪或複製簡單平面圖形，並能依據圖形的外表輪廓來分辨圖形。除此之外，家長也可以自製一些圖形卡，讓小朋友能在一組圖形卡中依照圖形外貌找出某種圖形；或是讓小朋友說出圖形的名稱，指出兩個圖形是否相同，並作分類。以繪本故事為例，家長就可以適時提問小朋友，請他們回答三件禮物能夠正確配對的原因，看看孩子如何觀察及回應。

在親子互動中，家長也可以給定一個圖示，讓小朋友利用拼圖或積木，將簡單形體作平面拼貼與立體的堆疊。多多善用各式的平面圖形、立體形體、拼圖、積木，利用立體形體與平面圖形兩者的操作活動，讓小朋友得以辨認、描述與分類簡單平面圖形與立體形體。現階段豐富的幾何操作經驗，將有助於小朋友日後的幾何學習。

與孩子的互動問答

★聖誕樹與薑餅屋上有什麼顏色與形狀的裝飾呢？

★貝貝、小圓與小咩做出來的雪堆是什麼形狀？

★貝貝他們做出了好多好可愛的雪人，雪人的釦子是什麼形狀？

★仔細看看三個小朋友的枕頭和被子，分別是什麼形狀？

紅色的正方形

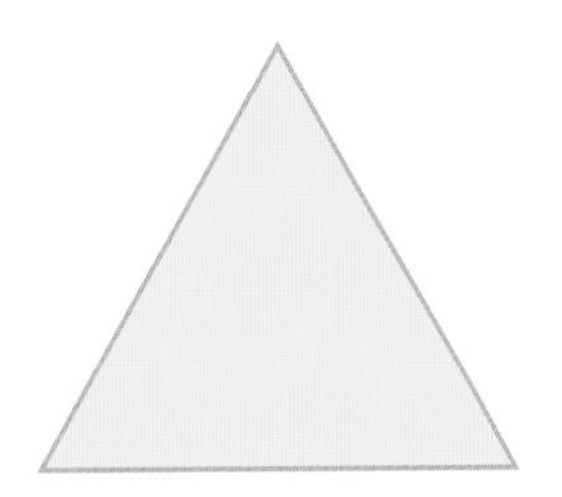

黃色的三角形

藍色的圓形